Para Iara

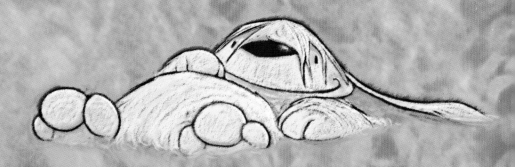

PRODUCCIÓN INDUSTRIAL
LEANDRO SAVOIA

Schujer, Silvia Graciela
    Lana de perro / Silvia Graciela Schujer ; ilustrado por Rodrigo Folgueira. - 6a ed. -
Buenos Aires : Atlántida, 2012.
    32 p. : il. ; 17,5 x 24,5 cm.

    ISBN 978-950-08-2825-3

    1. Narrativa Infantil Argentina. 2. Cuentos. I. Rodrigo Folgueira, ilus. II. Título
    CDD A863.928 2

Fecha de catalogación: 01/10/2012

Título original: LANA DE PERRO.
Copyright © Editorial Atlántida, 2003.
Derechos reservados. Sexta edición publicada por
EDITORIAL ATLANTIDA S.A., Azopardo 579, Buenos Aires, Argentina.
Hecho el depósito que marca la Ley 11.723.
Libro de edición argentina.
Impreso en España. Printed in Spain.
Esta edición se terminó de imprimir en el mes de marzo de 2013
en los talleres gráficos de Egedsa S.A., España.

I.S.B.N. 978-950-08-2825-3

Silvia Schujer

LANA DE PERRO

Ilustrado por Rodrigo Folgueira

EDITORIAL ATLANTIDA

EL DE ESTA HISTORIA
ES UN PERRO OVEJERO.

Y no porque sea grande, forzudo y vigilante como todos los de esa raza. No. El de este cuento es un perro ovejero porque le gustan las ovejas.

Por lo demás, es un cachorro como todos. Tiene cuatro patas y mueve la cola cuando está contento. Se pone frenético cuando un gato lo relojea desde un techo

Y SE APOYA
EN CUALQUIER ÁRBOL
CUANDO PRETENDE
HACER PIS...

Decir que a nuestro perro le gustan las ovejas es contar algo, pero muy poco. Porque lo que verdaderamente pasa con este bicho es que **quiere** ser oveja. O al menos parecerse a una.

Y no porque quiera hacer "meee " como hacen las ovejas. (Al fin y al cabo ladrar le divierte). Tampoco porque quiera comer pasto como comen las ovejas.
(Después de todo la carne le encanta).

LO QUE ESTE PERRO QUIERE, DIGÁMOSLO DE UNA VEZ,
ES CAMBIARSE EL PEINADO. DEJAR DE TENER SEMEJANTE CANTIDAD
DE PELO LACIO Y LLOVIDO SOBRE EL LOMO Y —AL IGUAL QUE LAS
OVEJAS— TENER EL CUERPO ENRULADO.
LAS GANAS QUE TIENE NUESTRO PERRO DE ENRULARSE
LAS MECHAS SON TANTAS QUE, DESPUÉS DE PENSARLO BASTANTE,
SE ANIMA Y SE ACERCA A UN REBAÑO.

LE CUENTA LO QUE QUIERE
A LA OVEJA MÁS VIEJA
DEL GRUPO, Y EL ANIMAL
LE RESPONDE EN SU IDIOMA.

—**M**EEEE —LE DICE MUY SERIA.
Y LA CITA QUEDA HECHA,
PORQUE LO QUE EL PERRO ENTIENDE QUE LE HA
DICHO LA OVEJA ES QUE VUELVA AL DÍA
SIGUIENTE A ESA MISMA HORA, QUE ELLA VA A
OCUPARSE DEL PROBLEMA.

La cuestión es que llega ese día.

El ovejero pasea su pelo lacio una última vez por
el poblado y a la hora señalada se va hacia el redil.

—¡Hola! —saluda ladrando.

Y la oveja que lo esperaba se acerca ovinamente hacia él.

Mientras la siesta avanza, la oveja más vieja trabaja
sin pausa con la ayuda de sus compañeras.

Lo primero que hacen es meter al perro en un arroyo. Lo
mojan y se mojan todos porque el cliente es un perro
tan perro que, al salir del agua, se sacude como
una tormenta.

LO QUE SIGUE ES PONERLE RULEROS
Y OBLIGARLO A QUE SE SEQUE AL SOL.
—¡DIVINO! —SE DICEN UNAS
A OTRAS—. ¡DI-VI-NO! —REPITEN—.
¡REGUAPO!.

CUANDO CAE LA TARDE, EL TRABAJO HA TERMINADO Y EL OVEJERO HA QUEDADO ASÍ.

—¡NI QUE FUERA DE LOS NUESTROS! —COMENTAN LAS OVEJAS SATISFECHAS.

EL PERRO SE MIRA EN EL REFLEJO DE AGUA Y NO LO PUEDE CREER. ES TANTO LO QUE DISFRUTA AL MIRARSE QUE NO SE DA CUENTA DE LO QUE PASA.

¿Y QUÉ PASA?
QUE DE PRONTO LLEGAN UNOS HOMBRES
CON GRANDES MÁQUINAS DE AFEITAR Y LAS OVEJAS
PONEN CARA DE OVEJAS. SE APELOTONAN COMO RAMILLETES
BLANCOS Y, ARRIADAS POR LOS SEÑORES,
EMPIEZAN A CAMINAR HACIA UN GALPÓN.
Y ALLÁ VAN, TODAS JUNTAS COMO NENES DEL COLEGIO CUANDO
ESTÁN ENTRANDO AL AULA. HASTA QUE DE REPENTE…

—¡Esperen! —grita uno de los hombres—.
¡Falta una oveja! —señala al ovejero.
Entonces se acerca a buscarlo y le indica
que siga al rebaño palmeándole la cola
con una rama de arbusto.

—¡Un momento! —trata de hacerse entender nuestro perro—. ¡Guau!¡ GUAU!¡guauuuu! —dice en todos los tonos posibles para que alguien se dé cuenta de que es perro y no oveja.

Pero en medio de la faena nadie está dispuesto a escuchar nada y los cortes de pelo —bueno, de lana— no se hacen esperar.

LA ALEGRÍA DE NUESTRO OVEJERO HA DURADO MUY POCO Y,
POR MÁS QUE LAS OVEJAS TRATAN DE CONSOLARLO, EL PERRO
SE VUELVE AL PUEBLO A PASAR EL VERANO. Y A DECIR VERDAD
LO PASA MUY BIEN, PORQUE GRACIAS A LA PELADURA NO SUFRE
TANTO EL CALOR.

¿Y QUÉ CREEN QUE OCURRE DESPUÉS?

Cuando empiezan los meses más frescos, el ovejero se lleva la sorpresa de su vida. Va caminando por una vereda cuando en eso ve a unos chicos jugando. Llevan puestos unos pulóveres abrigadísimos en los que el animal reconoce su rulos.

—¡Mis rulos! —ladra. ¡Mis rulos se hicieron lana!
Y es que esto de abrigar a los nenes para que salgan a jugar aunque haga frío, al perro le cae tan bien que durante una semana no puede dejar de mover la cola.

¿LES CUENTO EL FINAL?

BUENO, COMO YA SE ESTÁN
IMAGINANDO, APENAS EL PELO LE
CRECE, EL OVEJERO VUELVE AL CAMPO
Y SE ENCUENTRA CON SUS AMIGAS.
¿LES DICE ALGO?
NO, NO HACE FALTA. ELLAS SABEN
LO QUE EL PERRO QUIERE Y SE PONEN
A TRABAJAR.

CUNA DE VIENTO

CUNA DE VIENTO

Lana de perro
sueño de oveja
duerme y se enrolla
en una madeja.

Cuna de viento
perro ovillado
sueña un invierno
muy abrigado.

Cierra sus ojos
y sus orejas.
Si no se duerme
contará ovejas.

Cuenta de a una
cuenta hasta diez
y la mañana
llega otra vez.

Sobre la autora

Me llamo Silvia. Y aunque también tengo apellido no voy a repetirlo aquí para que no tengan que volver a leerlo: está lleno de letras difíciles y cuesta un montón pronunciarlo.

Como se imaginarán, además de apellido, también tengo otras cosas. Un hijo, por ejemplo. Y una mamá, una nieta y un perro. A todos los quiero mucho y a todos les leo mis cuentos. Claro que el único que me hace compañía mientras los escribo es mi perro. Y el que me escucha con más atención, también. Será por eso que los animales son tan importantes en mis historias.

A propósito de historias, me gusta mucho inventarlas, tenerlas un tiempo guardadas en mi cabeza y un buen día, escribirlas. A veces en forma de cuentos y otras en forma de cantos. De todos los libros que escribí les voy a recomendar dos. Uno se llama "Lucas duerme en un jardín" y el otro "El tren más largo del mundo".

SOBRE EL ILUSTRADOR

MI NOMBRE ES RODRIGO FOLGUEIRA Y, COMO YA DEBEN HABER ADIVINADO, SOY QUIEN REALIZÓ LOS DIBUJOS QUE ILUSTRAN ESTE LIBRO.

ME DIVERTÍ Y DISFRUTÉ MUCHO DIBUJANDO E IMAGINANDO LAS AVENTURAS DE ESTOS SIMPÁTICOS ANIMALES.

BUENO, LES CUENTO QUE ME ENCANTA DIBUJAR Y EN LA ESCUELA NACIONAL DE BELLAS ARTES ESTUDIÉ PARA SER PROFESOR DE DIBUJO Y PINTURA.

TAMBIÉN APRENDÍ MUCHO MIRANDO Y LEYENDO, DESDE MUY PEQUEÑO, UN MONTÓN DE LIBROS DE CUENTOS QUE VENÍAN REPLETOS DE HERMOSOS DIBUJOS.

YO, ENTONCES, ERA CHICO Y SOÑABA CON PODER SER QUIEN ILUSTRARA ESOS LIBROS, ALGÚN DÍA.

COMO VERÁN, LOS SUEÑOS A VECES SE CUMPLEN Y AQUÍ ESTÁN ESTOS LIBROS QUE, ESPERO, DISFRUTEN MUCHÍSIMO.

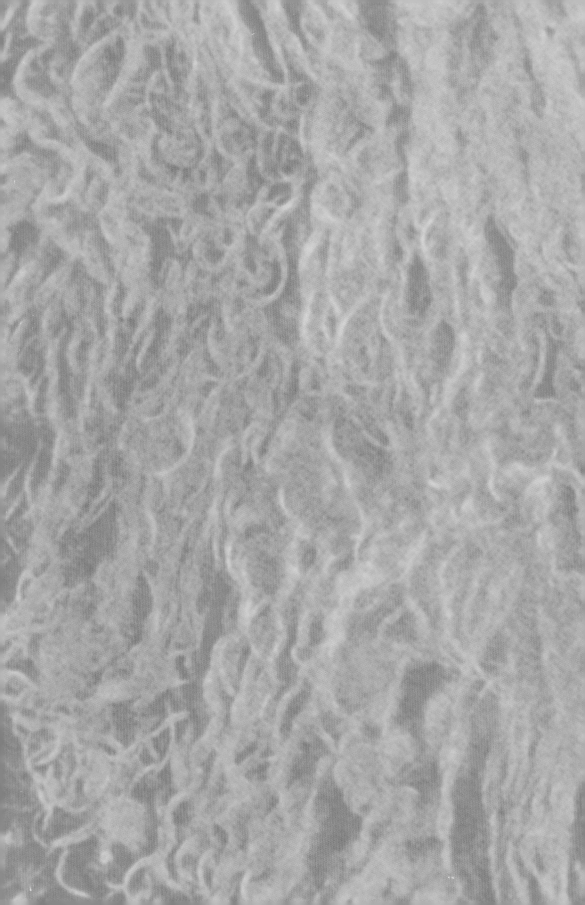